pelos VERSOS dos nossos CORAÇÕES

pelos VERSOS dos nossos CORAÇÕES

SEVERINO RODRIGUES

GLOBOCLUBE

Copyright © 2024 by Editora Globo s.a.
Copyright © 2024 by Severino Rodrigues

Todos os direitos reservados. Nenhuma parte desta edição pode ser utilizada ou reproduzida — em qualquer meio ou forma, seja mecânico ou eletrônico, fotocópia, gravação etc. — nem apropriada ou estocada em sistema de banco de dados sem a expressa autorização da editora.

Texto fixado conforme as regras do Acordo Ortográfico da Língua Portuguesa (Decreto Legislativo nº 54, de 1995).

Editora responsável: Jaciara Lima
Revisão: Marina Candido
Capa: Delfin [Studio Del Rey]
Lettering: Leear Martiniano
Ilustrações de capa e internas: André Ducci
Diagramação: João Motta Jr.
Citações na página 39: "via sem saída" © by herdeiros de Paulo Leminski e "Conjugação" © by Affonso Romano de Sant'Anna
Citação na página 101: "Bilhete" In: *Esconderijos do Tempo*, de Mario Quintana. © by herdeiros de Mario Quintana

CIP-BRASIL. CATALOGAÇÃO NA PUBLICAÇÃO
SINDICATO NACIONAL DOS EDITORES DE LIVROS, RJ

R616p

Rodrigues, Severino
  Pelos versos dos nossos corações / Severino Rodrigues. - 1. ed. - Rio de Janeiro: GloboClube, 2024.
  120p.; 21 cm.

  ISBN 978-65-85208-19-2

  1. Ficção brasileira. I. Título.

24-87706

CDD: 869.3
CDU: 82-3(81)

Meri Gleice Rodrigues de Souza - Bibliotecária - CRB-7/6439

1ª edição, 2024

Editora Globo s.a.
Rua Marquês de Pombal, 25 — 20230-240 — Rio de Janeiro — RJ
www.globolivros.com.br

ANTHONY

Quando desci do ônibus em Santa Cruz do Capibaribe, a primeira coisa que senti foi um ventinho bom.

Daqueles quentes, mas ainda gostosos, sobretudo após algumas horas num potente ar-condicionado. Mas sabia que esse calor ameno não duraria muito e o casaco que usava não demoraria a ser desnecessário. Logo o sol, estava nublado, iria aparecer e esquentar tudo. No interior é assim. No nosso interior também.

Dei uma olhada no relógio de pulso. A viagem atrasou mais de uma hora. O trânsito na saída de Recife parece fazer de tudo para segurar quem quer fugir da cidade.

Em seguida, vi uma moto buzinando e se aproximando para parar ao meu lado no ponto de ônibus. Já tinha reconhecido quem era antes do rosto aparecer por baixo do capacete. Meu primo Ronaldo.

— Demorei? — ele perguntou.

— Não, não. Acabei de chegar.

— Então sobe rápido — ele disse enquanto me entregava um capacete. E completou: — Que tio Juá já tava preocupado com o atraso do afilhado dele que veio sozinho.

Ri da preocupação exagerada do meu padrinho, que me fizera mandar mensagem de hora em hora para ele durante todo o percurso.

Subi na garupa da moto, tentando me equilibrar com a sacola de presentes que minha mãe insistiu para que eu trouxesse. Eu não podia fazer essa desfeita de chegar lá sem nada, ela dizia.

— Preparado? — confirmou meu primo.

Não sei por que hesitei para responder:

— Preparado.

Levantando a poeira da estrada, seguimos para a casa do meu padrinho.

CECILIA

Quando voltei do intervalo, meu caderno havia sumido.
Ninguém.
Ninguém podia ficar na sala de aula durante o intervalo.
Era proibido.
Mais proibido que isso só roubar as coisas dos outros.
E o meu caderno não era qualquer coisa.
Era o meu caderno.
O meu segredo.
— Cecilia! — chamou Thaís na porta. — Tão lendo seus poemas no pátio!
Corri.
Eu estava lá um minuto atrás.
Só estavam esperando que eu saísse para o espetáculo começar?
Em pé, em cima de um dos bancos, com o caderno aberto numa mão e a outra estendida, Ariel declamava com ar de zombaria a minha poesia.
— *Ó mar salgado, quanto do teu sal / São lágrimas...* Opa!

Ariel se moveu para trás no exato momento em que pulei para tentar recuperar o meu caderno.

— Calmaí, Pessoa — disse junto com seus olhos verdes.

Não sei se escrevo com "P" maiúsculo ou "p" minúsculo.

Meu sobrenome é Pessoa.

Aqueles versos são do Fernando Pessoa.

Mas a pessoa a quem Ariel se referia era eu.

Fica desse jeito aí de cima mesmo.

— Devolve o meu caderno.

— Só tava compartilhando alguns poemas.

— Você não pode pegar o que não é seu.

— Eu diria o mesmo pra você. Pensei que esses versos fossem seus. Mas que decepção! São dos outros. Que poeta estranha você é.

Ao redor e ao fundo, o riso das outras pessoas.

GAEL

— E aí? Ansioso?

— Hum-hum.

Ela não fazia ideia do quanto. Do quanto eu não estava com a menor vontade de ir. E eu só ia porque precisava da defesa dela no conselho de classe no final do ano. O professor de Física não estava sendo fácil. E por ele eu tinha reprovado no ano passado. Não queria ficar nem na recuperação muito menos na final no 3º ano.

— Você almoça com a gente, né?

— Hum-hum.

A gente.

Ela, eu e a diretora.

Minha animação escapava como o ar de um balão. Preciso parar de pensar em metáforas. Foram elas que me colocaram nessa enrascada com a professora de literatura. Droga, Angélica! Você não tinha o direito de fazer o que fez!

— Pode pelo menos dar um sorriso quando responder?

Era Vinícius no meu ombro feito um papagaio. Não respondi.

— Tá ficando chato. Vai por mim. Ela escolheu você. Curte isso. Aproveita a vitória dos moleques do fundão contra os certinhos da frente.

Esbocei um sorriso. Que não saiu nada natural.

— Queria ter esse seu sorrisão, cara. Com um sorrisão desses, essa sobrancelha agora e a minha lábia, ia chover mina em cima de mim. Tenho que dar um jeito de colocar aparelho logo.

— Professora — disse, fazendo-a interromper o que escrevia no quadro e se virar. Acrescentei: — Vai ser massa.

— Muito!

ANTHONY

— **Antônio! Venha cá** dá um abraço no seu padrinho.

Nem desci direito da moto e ele já me esperava de braços abertos em frente à casa.

Tio Juá era ao mesmo tempo tio e padrinho. Talvez por isso o abraço forte que recebi valeu por dois. Era a primeira vez que me encontrava com ele depois da pandemia. Não gosto nem de lembrar muito desse período de sufoco onde todo mundo teve que ficar confinado em casa e longe dos parentes. De alguns, confesso que, se pudesse, manteria o distanciamento. O que não era o caso do meu padrinho, Tio Juá, irmão mais velho da minha mãe, que gostava de mim como se fosse o filho que ele não teve. Mas isso não o impedia de implicar um pouco com meu nome. Achava que eu deveria ser Antônio e não Anthony. Por isso só me chamava assim.

Também mandava em mim como se fosse seu filho. Mal coloquei o capacete num banco de couro que estava num canto do terraço e Tio Juá já me devolvia, pedindo para pôr de volta.

— Vai com Ronaldo na casa de Ana ver se ela já aprontou minha xilogravura. Ontem à tarde ela mandou uma mensagem dizendo que tava caprichando, quase terminando e que hoje trazia depois do café. Mas ainda não apareceu. Passa lá, Ronaldo. E, vai, vai, Antônio, com seu primo, que você aproveita e dá um oi pra menina Ana.

Tinha uns cinco anos que não via Ana. Da outra vez que vim ela tinha ido não sei para onde, visitar não sei quem, voltava não sei quando. Em resumo, não nos vimos. Mas brincávamos muito quando criança. Eu, ela e Ronaldo.

Quando dei por mim já tinha subido na moto e seguia com meu primo para pegar a encomenda do nosso tio, enquanto uma pergunta se repetia dentro da minha cabeça.

Será que Ana ainda se lembra de mim?

CECILIA

Eu não tinha mais vontade de chorar.
    Às vezes, sentia uma tristeza tão profunda que nem conseguia transformar em lágrimas.
    Uma tristeza tão triste que de alguma forma secava a si mesma.
    Nessas horas, nem um verso eu lia.
    Nem uma palavra eu escrevia.
    Apenas o nada.
    Porque nada interessava.
    Nem as aulas.
    Nem os colegas.
    Nem as fofocas.
    A ponta do meu caderno ficou amassada.
    Ariel provavelmente derrubou no chão quando roubara.
    Tentei ajeitar, mas não consegui.
    Em vão.
    O amassão vai ficar ali para sempre.
    Para sempre.
    Feito lombada de livro depois que caí.

Como a prova do crime de um leitor descuidado.
Olhei de relance para Ariel.
Parecia que não tinha acontecido nada demais.
Lia descuidadamente pessoas, poemas e cadernos.
Talvez por isso na minha cabeça logo surgiu um poema.
Abri na página que eu sabia de cor assim como os versos tão contraditórios quanto o meu coração.

Amor é um fogo que arde sem se ver;
É ferida que dói e não se sente;
É um contentamento descontente;
É dor que desatina sem doer;

É um não querer mais que bem querer;
É um andar solitário entre a gente;
É nunca contentar-se de contente;
É um cuidar que se ganha em se perder;

É querer estar preso por vontade;
É servir a quem vence o vencedor;
É ter com quem nos mata lealdade.

Mas como causar pode seu favor
Nos corações humanos amizade;
Se tão contrário a si é o mesmo amor?
(Luís Vaz de Camões)

GAEL

— **Empolgado?**

Angélica estava muito mais do que eu.

— Hum-hum.

Me lembrei de Vinícius.

— Um pouco — corrigi.

— Fazia tempo que a nossa escola não ganhava um prêmio assim. Parabéns novamente, Gael — cumprimentou a diretora Socorro que dirigia o carro.

— Ainda bem que você escreveu esse poema.

Eu precisava garantir dois pontos extras na prova de literatura, professora. No teste, tirei 2,0. Ou seja, o tal poema não foi fruto da inspiração, mas do desespero.

— Quando li o texto de Gael, pensei na hora: vai ganhar! Não conte para os colegas, mas foi o primeiro que encaminhei para a análise dos jurados. Estava super acreditando.

E segue super acreditando que fiz uma obra-prima, que sou um poeta, que tenho futuro...

— Você já foi nessa livraria?

— N-não, professora — respondi.

— Mas você já foi numa livraria, né? — inquiriu a diretora pelo retrovisor.

— J-já — menti.

Não sei por que, mas menti. Senti que precisava mentir. Meio encolhido, como se estivesse sendo apertado, mesmo sozinho no banco de trás do carro. Perguntas como essa tem o poder de fazer isso com a gente. Nunca tinha pisado em uma livraria. O que iriam achar de mim? Um jovem de 17 anos que nunca pôs os pés numa livraria. Fora as outras coisas que sou ou não fiz.

E pra completar o jeito que a pergunta foi feita me fez acreditar ainda mais que eu vivia uma vida incompleta naquele momento.

Aquele mundo não era pra mim.

ANTHONY

Ana entalhava uma xilogravura quando chegamos. A porta da sala aberta. Era uma casa simples, colada junto às outras, parecia mesmo aquele cenário típico de filme que se passa no Nordeste. Quer dizer, não parecia. Era. Igualzinho. Igualzinha também era Ana, só que maior, se é que igual e diferente podem significar de alguma forma a mesma coisa.

Assim que Ronaldo parou a moto, mas sem buzinar, levantou a viseira do capacete e gritou:

— Ana!

Foi só aí que ela se deu conta de que nós tínhamos chegado.

— Que susto, Ronaldo.

— Tava pensando em quê? Não ouviu a moto?

— Acredita que não?

— A xilo de tio já tá pronta?

— Acabei agorinha.

Ela largou o trabalho, pegou uma sacola ao lado, colocou uma peça de madeira e veio até nós.

— Errei a que tava fazendo ontem e ainda me cortei.

— Foi só então que percebi que na mão esquerda dela havia um curativo.

— Mas o importante é que a xilo ficou pronta e está melhor que a outra.

— Ela é uma artista — disse meu primo.

Então Ronaldo sem cerimônia tirou a plaquinha de madeira de dentro da sacola e mostrou pra mim.

— Demais — elogiei, porém tentando não olhar muito pra Ana.

Não sei por que me sentia estranhamente encabulado. Acho que esse tempo todo que passamos longe um do outro me fez perder o jeito. Eu acho.

— E ela faz essa flor em todas. É a assinatura dela.

— Pois foi justamente por causa essa bendita flor que me cortei.

— Muito sério? — perguntei.

— Uma besteirinha de nada. Mas doeu — Ana riu. — A arte faz isso com a gente. Dói mesmo. Não tem jeito. Ou melhor, o único jeito é seguir em frente. Mas, ei, esse menino, chegasse hoje mesmo, foi?

— Agorinha — respondeu Ronaldo no meu lugar.

De repente, virei o foco da conversa. Fiquei ainda mais sem jeito.

— Seu Juá não falava de outra coisa esses dias — ela acrescentou.

— Acho que você nem se lembrava mais dele... — comentou Ronaldo. — Faz anos que não vem. Parece até que tava intrigado com a família.

— Lembro sim — Ana surpreendeu nós dois. — Mas tira o capacete pra eu te ver melhor.

Obedeci. Só que de repente me senti pelado. Como se ela analisasse a minha alma por inteiro.

— Mudou um bocado... Menos o olhar. Continua igualzinho.

CECILIA

Pulei o almoço.
    Mas o que eu deveria ter feito era pular corda.
    1000 vezes.
    Mas eu não tinha ânimo para nada.
    Esse tal nada.
    Que nem o próprio nome pode ser senão já deixa de ser o que é.
    A vontade era pegar a corda e fazer outra coisa.
    Peguei o meu caderno de poemas.
    Ele nunca me pareceu tão pesado quanto agora.
    Talvez assim fosse pois carregava as impressões digitais de Ariel nele.
    Reencontrei estes versos:

No mundo nom me sei parelha
mentre me for como me vai
Ou, na tradução da professora:
No mundo não sei quem se pareie
a mim enquanto eu for como vivo
(Paio Soares de Taveirós)

Dizem que somos únicos.
Ser única dói demais.

Dona fea, nunca vos eu loei
em meu trobar, pero muito trobei;
mais ora já um bom cantar farei
em que vos loarei toda via;
e direi-vos como vos loarei:
dona fea, velha e sandia!
Ou, na tradução da professora:
Dona feia, eu nunca vos louvei
em meu trovar, mas muito trovei;
mas agora já um bom cantar farei
em que vos louvarei todavia,
e direi como vos louvarei:
dona feia, velha e sandia!
(João Garcia de Guilhade)

Até meus versos eram cruéis comigo.
Linhas que eu tinha copiado com *lettering* caprichado,
canetas coloridas
e de pontas diferentes,
do livro didático,
dos slides da professora
ou dos livros de poesia
que eu lia desde que começaram as aulas de Literatura do Ensino Médio.
Não resisti a uma estranha vontade de continuar sofrendo de alguma forma.
Prossegui:

Partem tam tristes os tristes,
Tam fora d'esperar bem,
Que nunca tam tristes vistes
Outros nenhuns por ninguém.
Ou, na tradução da professora:
Partem tão tristes os tristes,
Tão fora de esperar bem,
Que nunca tão tristes vistes
Outros nenhuns por ninguém.
(João Ruiz de Castelo Branco)

Fechei o caderno.
Às vezes, alguns versos lidos ao acaso, ao acaso parecem estar nos lendo.

GAEL

Sabe quando você vai num lugar e apesar de nunca ter ido lá antes você sente como se já quisesse ter estado lá?

Foi exatamente isso o que senti quando entrei na livraria.

Era bastante diferente do que tinha imaginado. Parecia mais um shopping. Tinha café e até restaurante.

Confesso que fiquei meio perdido. Sem saber pra onde olhar, o que fazer, onde mexer ou não. Embora tivesse muita gente, eu tinha a impressão de que todos me encaravam. Ainda bem que eu tinha conseguido comprar uma camisa nova e meu tênis não estava tão encardido. Diferentemente das outras pessoas, preciso me arrumar duas vezes mais pra estar num lugar assim.

— Você quer um café? — perguntou Angélica.

Fiz que não com a cabeça.

— A gente vai tomar um. Chegamos cedo. Pode dar uma volta por aí.

— Tá.

E já fui virando as costas e me afastando cada vez mais pra dentro da livraria embora o meu desejo fosse dar meia volta e ir embora.

Respirei fundo.

De repente me vi diante de um Homem-aranha gigante. Olhei ao redor. Tinha ido parar na área dos quadrinhos.

Vi um monte de revistinhas da Turma da Mônica enfileiradas. Peguei uma.

— Papai, papai, compra a Magali. Compra a Magali.

Era uma menina que arrastando o pai pelo abraço apontava para a revistinha.

— Tá. Papai leva. Agora, vamos procurar a sua mãe.

Meu pai nunca me levou numa livraria. Muito menos procurou minha mãe depois de eu ter nascido. Coloquei a revistinha de volta no lugar.

Realmente era muito difícil aceitar que a livraria pudesse ser um lugar pra mim. Mas confesso que eu teria gostado se, na infância, meu pai tivesse comprado revistinhas da Turma da Mônica de presente.

ANTHONY

Acordei ouvindo um galo cantar. Fechei os olhos e me virei para continuar dormindo. Foi quando escutei um boi mugindo dentro do quarto. Assustado, abri os olhos. Não estava sonhando, pois estava acordado, embora algo do tipo mais parecesse um pesadelo. Me virei devagar para o outro lado da cama.

Aliviado, soltei a respiração. Nenhum invasor de quatro patas. A janela continuava fechada. Ouvi, em seguida, um berro de uma cabra.

Em seguida, me levantei e abri a janela do quarto bem devagarzinho para espiar. O sol aos poucos foi iluminando tudo e, de repente, parecia que ele já tinha nascido há horas. A janela dava para o quintal, que mais parecia um terreno baldio, do vizinho, que criava alguns bichos. Entre eles, identifiquei o trio responsável por me acordar tão cedo — o galo, o boi e a cabra — como se fosse o toque do despertador e das sonecas seguintes.

Dei uma olhada no relógio de pulso. Descobri que nem eram seis da manhã ainda.

Agora tá explicado por que ainda tô com sono.

Vi, então, quando minha madrinha passou pelo corredor, pois eu deixara a porta aberta. Ela voltou:

— Já acordou, Anthony?

— Eles me acordaram — brinquei, indicando com o queixo para o lado de fora.

— Melhor coisa que tem, né?

— É... — concordei mesmo não tendo muita certeza disso.

— Já tem café pronto e o cuscuz tá quase. Você vai querer que eu asse um queijinho de coalho? Ou vai comer cuscuz com leite e jerimum, como sempre?

O leite do interior tinha um sabor especial. Preferi a segunda opção. Como sempre fazia. Mesmo assim, minha madrinha acrescentou:

— Vou assar uns pedacinhos de carne de sol só pra dar mais um gostinho — E ergueu a sacola que trazia na mão: — Se sobrar espaço, tem pão doce. Daquele que você gosta com coco e goiabada por cima. Seu padrinho acabou de comprar. Minha glicose não deixa mais eu fazer essas estripulias, meu filho. Mas você pode. Aproveita. Vai, vai logo escovar essa boca e vem pra mesa.

Os cuidados se alternavam com uma ou outra palavra de ordem. Pensei sorrindo enquanto seguia para o banheiro. Pessoas que eram uma mistura de suavidade e aridez como o clima matutino e as terras do sertão.

CECILIA

Não fui à escola hoje.
    E o restante desta página resume o que fiz o dia inteiro
    nesta cama,
    neste quarto,
    nesta vida.

GAEL

Me sentei na última fileira do auditório.
— Não, não. Você se senta lá na frente.
Na primeira fila. A moça da organização faltou completar. Logo eu que não gostava de me sentar na frente. Não preciso ficar dando uma de inteligente pra chamar a atenção dos professores. Dessa carência eu não sofro.
Já estava lá o primeiro lugar. Ele fez um joinha. Respondi com um quase imperceptível movimento de cabeça ao cumprimento. Ele era o estereótipo do escritor: branquelo, de óculos, cara de nerd, meio gordinho e simpático. Parecia até feliz. Não devia fazer outra coisa na vida a não ser comer livros de poesia como uma pessoa que eu conhecia.
Senti um arrepio.
Unhas fazendo um carinho no meu antebraço.
— É aqui que é pra gente ficar?
Ela não olhava pra mim, mas pro palco. Era linda. Uma maravilha. E tão intensa quanto seu apelido que descobri depois: Mavi.

ANTHONY

Depois do café, ao sair na rua, notei que tudo ali tinha um ar de novidade apesar de que no passado as grandes cidades já foram um pouquinho assim. As pessoas costumam se esquecer das coisas. Mas o ar, o clima, essa sensação toda, não sei explicar direito, me fazia um bem danado. Não sou tão bom com as palavras. Talvez minha prima achasse poesia nessa cena normal de cidade do interior, dizendo que a rua tinha acordado de um jeito diferente, especial, único. Não encontrei a palavra certa, mas um pouco de poesia com certeza estava ali diante dos meus olhos.

Uma moto parou ao meu lado. Mas não era Ronaldo que viera me buscar. Era o sorriso de Ana que aparecia sob o capacete que acabava de tirar.

— Bom dia.
— Bom dia.
— Hoje vou te levar.
— De moto? Sério?
— Por que esse espanto todo? Sou um ano mais velha, esqueceu?

— Não...

É que Ana já sabia andar de moto e eu nem bicicleta tinha. Me senti uma criança de seis anos.

— Ah, você vai passar a manhã comigo enquanto seu Juá e Ronaldo não voltam da feira — ela explicou. — Toma. Sobe aí.

Coloquei o capacete e tentei me equilibrar o menos atrapalhado possível na moto. Não deu certo. Fiquei muito colado com Ana. Me afastei um pouco para que ela não pensasse que eu me aproveitava da situação.

— Pode se segurar em mim se quiser. Não precisa ter vergonha, não, Toninho.

Ainda bem que eu estava de capacete. Eu que me esquecia das coisas, ela se lembrava de tudo. Senti meu rosto queimar.

— Tá. Tudo. Bem – disse, após finalmente me ajeitar na garupa, segurando na alça traseira.

— Se segura!

CECILIA

Quando me chamaram de Mônica quando eu tinha seis anos, por incrível que pareça não liguei.

— A comilona é a Magali. E todos são gordinhos iguais.

Quando falaram que era para eu ficar no grupo de trás na apresentação da gincana, também não liguei porque eu já estava me tornando uma pessoa introspectiva.

— Melhor assim. Se eu errar o passo, ninguém vê.

Mas quando peguei minhas melhores amigas no banheiro no dia da formatura do 9º ano dizendo que eu estava uma gorda ridícula naquele vestido amarelo eu desabei numa crise de choro e precisei voltar para casa.

Não foi o comentário que estragou a minha festa.

Foi quem fez o comentário.

Minhas melhores amigas.

Rindo.

De mim.

Não dava para desculpar isso.

Não dava.

Se desculpasse, estaria rindo de mim.
Me desrespeitando também.
Por isso, mudei de colégio no ano seguinte.
E não consigo mais fazer amigos.
Meus únicos confidentes desde então são os meus primos.
Que nem estudam comigo.
Muito menos nesta escola.
Fora eles, todos os poetas do mundo.
Esse poetas que
por pegarem as palavras,
fazerem brincadeiras,
dizerem o que eu queria dizer sem nem saber que precisava,
eu achava as pessoas mais incríveis do mundo.

Tão incríveis que assim que comecei a estudar Literatura separei um caderno de capa dura e as minhas melhores canetas para anotar nele meus versos preferidos.

A cada livro um novo abrigo onde me escondia de tudo.
Ou era.
Até que aconteceu o que aconteceu.
Em fevereiro.
Conheci Ariel.

GAEL

— **Ainda bem que** acabou.
— Pela sua cara não tava muito empolgado. Só por que ficou em segundo lugar?
— Justamente por isso, mas não exatamente pelo que você tá pensando.

Mavi franziu a testa como se quisesse entender. Olhou pra mim, depois pra Angélica, depois pra mim de novo, pra diretora Socorro e concluiu pousando um sorriso de entendimento nos meus olhos.

— Não acredito que você ganhou por acaso.
— Por acaso foi.
— Mentira que essa obra de arte é tua primeira poesia!
— Infelizmente, é.

Mavi mostrou todos os dentes.

— Não desperdiça esse talento, cara. Você tem alma de poeta.
— Eu odeio poesia.
— Cabou a paixão. Como é que você diz isso assim pra mim?

Fiquei encabulado. *Como assim paixão?*

— Desculpa. Não quis...
— Quis sim...
— Não. Quer dizer...
— Relaxa. Tô de boa. Ninguém é perfeito. E não é que você não gosta de poesia. Você AINDA não sabe o que é poesia DE VERDADE.
— Se for esse meu poema, mais o do branquelo ali... — interrompi. — O seu é que deveria ter ficado em primeiro lugar.
— Por que você acha isso?
Porque o seu poema me deixou arrepiado.
Foi o que tive vontade de dizer. Mas não disse.
— Bora. Tô esperando. Desenvolve.
— Seu poema, sua poesia, sei lá, como chama isso direito, é melhor. É melhor e pronto.
— Você não vai voltar pra escola agora, vai?
— Não, não. Vou ficar na área mais um pouco. Vou encontrar meus primos mais tarde. Esse negócio aqui terminou mais cedo do que eu imaginava.
— Pensei que tinha achado demorado.
— E achei.
— Você tem o quê? Uma ou duas horinhas livre?
— Mais ou menos isso...
E Mavi já segurava a minha mão e com os lábios bem próximos ao meu ouvido me fez arrepiar todinho de novo:
— Vem comigo que eu mostro o que é poesia DE VERDADE.
Tinha como não ir?

ANTHONY

Assim que entramos na casa de Ana, ela disse:

— Seu Juá provavelmente vai te ensinar a fazer cordel e eu te ensino a fazer uma xilo. Pega uma dessas peças de madeira aí.

A mesa de trabalho de Ana ficava logo na entrada da sala. Havia tintas, pincéis, placas de madeira entalhadas, umas pintadas de preto, outras coloridas, instrumentos para talhar a madeira. Uma bagunça criativa que inspirava. Mas, ao lado dessa mesa recheada de arte, algo despertou minha atenção: uma máquina de costura com alguns fardos de peças de pano à espera. Porém, antes que eu pudesse falar, Ana perguntou primeiro:

— Pegou?

Catei uma placa sobre a mesa.

— Puxa essa cadeira aí e vamos começar. Você sabe que tem que desenhar ao contrário, né?

— Não. Por quê?

— Porque quando você fizer a impressão, o direito vira esquerdo e o esquerdo vira direito. Olha como eu faço a minha assinatura.

Peguei uma das placas de madeira já talhadas. No canto inferior direito a marca registrada: uma flor de mandacaru ao lado do nome ANA. Comparei com a impressão numa folha, realmente a flor mudava de lado.

— Mas seu nome é um palíndromo — eu disse.

Ela sorriu.

— Dei sorte. Não preciso fazer meu nome ao contrário. Já você vai sofrer um pouquinho: Y, N, O, e sei lá mais o quê. Não sei pra que essas invenções da sua mãe. Melhor chamar de Antônio como seu padrinho faz. Ou como chamo você desde pequeno: Toninho.

Toninho como nome artístico não.

Tive vontade de dizer. Porque detesto Toninho. Exceto quando Ana me chama assim. Desde pequenininho. Até rimou.

— Você mora perto da praia, né? — Ela já foi mudando de assunto.

— Não muito, mas perto.

— Meu sonho é morar perto da praia. Acredita que só fui ver o mar umas duas vezes na vida?

— Sério?

— Uma quando era pequena e outra antes da pandemia. Depois que tudo isso aconteceu, não consegui ir de novo ainda. Mas, se eu pudesse morava mesmo numa casa ou até num apartamento de frente pro mar. Ver aquele solzão e aquele marzão todo santo dia. Uma belezura, hein? Mas você já pensou no desenho que vai fazer?

Pensei um pouco, depois respondi:

— O mar.

— Não tem nada mais sertanejo, não? — brincou Ana.

— Um cacto?

Rindo, ela abaixou a cabeça, balançando. Depois, numa mistura de risadas e palavras muitos sérias, disse:

— Não queira apenas as coisas fáceis, Toninho. Você pode muito mais que isso.

CECILIA

Não dormi muito bem essa noite.
    Aliás, não dormi bem essa noite.
    Na realidade, não posso nem dizer que dormi.
    Me deitar tem sido difícil e mais difícil ainda me levantar.
    Me faltam forças.
    Peguei meu caderno na mesinha de cabeceira.
    Mas ainda não abro.

    Afundo a cara no travesseiro.
    Está quente.
    Do meu calor.
    Queria que ele fosse o colo de alguém que eu pudesse amar.
    Levanto os olhos.
    Encosto o caderno na cabeceira da cama.
    Começo a folhear de trás para frente.
    Encontro estes versos:

Eu escrevo
tu me lês
ele apaga
(Affonso Romano de Sant'Anna)

Tento esquecer.
Página seguinte, de depois, ou de antes, sei lá, mais um verso, por favor:

via tudo que havia
não via a vida
a vida havia
(Paulo Leminski)

Já não sei mais.
Se acordei ou ainda sonho este pesadelo.

O celular toca.
Ele nunca toca.
Porque ninguém me liga.
Na realidade, ninguém nunca me liga.
Espera.
Quem me procura?
Será?
Não olho.
Não atendo.
Não recuso.
Hoje não quero descobrir.
Deixo chamar.
Deixo esperar.
Por quê?

Porque prefiro quem realmente me entende.
As palavras de quem fala meus sentimentos por mim
pois ainda estou aprendendo a me dizer.
Mas.
O ventilador faz o caderno voltar páginas.
Pessoa.
De novo.
Ariel.
De novo na lembrança.
Me sinto em mar agitado.

Valeu a pena? Tudo vale a pena
Se a alma não é pequena.
(Fernando Pessoa)

Será, Fernando?
Às vezes, não gosto
quando os poemas
querem saber mais de mim
do que eu mesma.

GAEL

Me deixei levar por Mavi.

— É sério que você nunca andou por aqui? — ela perguntou se voltando.

Sorri sem graça.

— Não...

A mesma sensação do banco traseiro do carro querendo tomar conta de mim de novo.

Ela apertou os lábios, fazendo um gracioso bico antes de falar:

— Faz pouco tempo que comecei a vir pra cá. Só depois dos jogos da Copa no ano passado e tal. Também perguntaram isso pra mim. E com aquela cara de espanto como se eu tivesse cometido uma falta grave. Como é que eu nunca tinha andado por essas bandas? E eu devo ter respondido com essa mesma cara de sem graça que você fez agora. Sabe de uma coisa? O povo quer ditar as regras do mundo a partir do próprio umbigo. A gente tem um monte de obrigações que não fazem o menor sentido. Podem até ser interessantes. Mas será que até aquele momento foram mesmo pra gente? DE VERDADE? Se a gente não tava aqui, tava em outro lugar. E todo lugar pode ser o nosso lugar.

— Você fala coisas muito bonitas, Maria Vitória...
— Mavi — ela corrigiu. — Mavi!
— Mavi.
— Vou ser sua guia turística, tá? A gente desce aqui pela rua da Moeda e vai dar lá no Marco Zero. Essa rua é movimentada à noite com barzinhos e tal.
— Beleza.
— Mas se eu vou guiar você pelo Recife Antigo, você pode me guiar pela sua vida. Quem é Gael?

Ninguém nunca tinha me perguntado quem eu era. Não assim, desse jeito, que nem ela fez agora. Era como se pela primeira vez alguém me fizesse essa pergunta DE VERDADE. Mavi parecia querer conhecer a verdade das coisas, mas não a verdade única. Ela queria todas AS VERDADES.

Voltando à pergunta, eu já tinha desejado responder isso mil vezes. Só que nessa hora não consegui. Não soube como começar a me abrir. Por isso, o melhor que saiu foi:

— Um rapaz como outro qualquer.

Ao que ela retrucou:

— Ninguém é igual a ninguém. Melhor. Nenhum jovem é igual a ele mesmo cinco minutos depois. Por isso que os adultos não entendem a gente. Mas eu entendo. Porque vivo isso.

Tive que concordar. Ninguém nunca mais seria o mesmo depois de cinco minutos ao lado de Mavi.

ANTHONY

Estava concentrado tirando lascas da placa de madeira que, se sobrevivesse à minha falta de jeito, daria uma xilogravura simples, torta e zero criativa de um cacto à beira-mar, quando veio a pergunta-convite:

— Vai ter festa no centro na quinta você vai?

— Começa que horas?

— Dizem que começa cedo, mas a atração principal só começa mesmo depois da meia-noite.

— Volto na sexta cedinho por causa da obra na BR.

— Mas já? Só veio dar oi e tchau? Não dá pra voltar mais tarde, não?

— Eu posso ir e deixar pra dormir no ônibus na volta. Mas posso tentar trocar a passagem também.

— Você pode porque não vai perder de ir com a gente pro centro.

Ana me deu um tapa no ombro. Depois perguntou:

— Você sabe dançar forró?

— O que é que você acha?

— Deve ser mais duro que um boneco de pau.

Eu ri sem graça, totalmente sem jeito. Ana, então, para minha surpresa, procurou algo no celular. Em seguida, uma música começou a tocar, era "Numa sala de reboco", de Luiz Gonzaga, mas na voz de Elba Ramalho.

— Vem, vem!

— Eu não sei...

— Vou te ensinar. É fácil. Assim você nem passa vergonha nem me faz passar vergonha.

E sem me deixar falar mais nada já foi me ensinando:

— Essa mão fica aqui. Não precisa esticar tanto que a gente não vai dançar valsa. E essa outra coloca na minha cintura.

Peguei firme. Não queria que ela dissesse depois por aí que eu tinha a mão frouxa ou não tinha pegada. Ela se desconcentrou um pouco. Acho que exagerei. Ela continuou:

— Agora no ritmo da música. Dois pra lá. Dois pra cá. Dois pra lá. Dois pra cá. Nossa! Como você é duro. Muito duro mesmo. Mexe essa cintura, garoto!

Ela me deu um tremendo tapa na bunda enquanto mangava da minha total falta de jeito.

— Bora, Toninho! Dois pra lá. Dois pra c... Ai, meu pé!

— Desculpa.

— Não, não, não desiste. Bora de novo. Vamos de um em um. Um pra cá, um pra lá, um pra cá, um pra lá. Isso. Muito bem. Mas no ritmo da música. Olha só. Até que você não é tão ruim.

Porém já me sentia suar e o quadril doer.

— Tenta imitar essa voltinha que eu vou dar...

Ela deu um giro lindamente e eu tentei imitar desastradamente, tropeçando num banco e quase caindo no chão. Ana me segurou, rindo. A impressão que eu tinha é que ela era a própria personificação da alegria. *Essa menina Ana*, como diria meu padrinho.

— Perdi alguma coisa? — Ronaldo nos encarava da porta da sala.

CECILIA

Ariel começou a estudar na minha turma este ano.
    Uma semana depois do início das aulas.
    Me iludi achando que poderia voltar a confiar em alguém.
    Lembro até que a professora de Literatura continuava com a revisão dos anos anteriores.
    O velho se fazia novo.
    Por isso no meu caderno escrevi:

Ora (direis) ouvir estrelas! Certo
Perdeste o senso!
(Olavo Bilac)

    Não que tenhamos conversado muito logo de cara.
    Eu desconfiava antes de confiar.
    Depois de outra aula de Literatura começamos a trocar umas ideias sobre poesia.
    Ariel sabia decorado muitos poemas.
    Até escrevia.

Pensei que as coisas se arranjavam.

E que eu encontrava pela primeira vez alguém que pudesse amar.

Mas certa manhã.

Nunca é numa certa manhã, mas sempre é mais fácil contar assim.

Certa manhã, Ariel começou a andar com quem ria de mim.

Fingi que não vi.

Porque é obvio que essa turminha fazia isso escondido, trabalhando nas ambiguidades,

nos implícitos,

nas indiretas,

porque na escola tem campanhas contra o bullying,

atendimento da psicóloga,

essas coisas todas para tentar impedir que os alunos se tornem pessoas más.

Talvez Ariel nem imaginasse tal coisa.

Mas no mundo há muitas pessoas más.

E muitas pessoas que se enganam umas com as outras.

Iguais a mim.

E uma manhã de aula mal dura cinco horas.

Mas o suficiente para a maldade das pessoas aparecer.

Eu tinha baixado a guarda para confiar em Ariel,

que gostava de poesia,

que escrevia poemas,

quando apanhei de novo.

Meu primo luta ou lutava boxe.

Nem sei mais.

Só sei que quem sentiu como se tivesse levado um soco na cara fui eu.

Porque no dia seguinte ao que contei que tinha um caderno de poesias percebi que tinha me enganado de novo.

Quando falaram da gordinha antissocial da escola,
ao ouvir,
Ariel riu
de mim.

GAEL

Conversando com Mavi e preocupado em não ser atropelado ao atravessar a rua não vi que do outro lado havia um posto da polícia. Na frente, dois policiais. Ao dar de cara com eles, desviei o olhar.

— Olha só como esse céu está bonito! Parece até que ele está sorrindo, Gael. E essa vista ao fundo, hein? Vem, vou tirar uma foto sua.

Procurei meu celular no bolso. Não achei. Mas ouvi...

— Ei! Você aí! Amigo!

De repente tudo voltou.

ANTHONY

Era agora que eu ia levar uma surra do meu primo e voltar para casa a pé. A minha casa na capital e, diga-se de passagem, há mais de 200 quilômetros de onde eu estava. Quem mandou eu querer me engraçar — acho que é assim que falam — com a futura noiva do meu primo.

Pois é. Já, já eu conto essa parte.

— Onde vai ser o show de forró?

— Esqueceu, amor? Na quinta, no centro e seu primo vai com a gente.

— Esse pé de valsa?

— Esse tremendo pé de valsa — e Ana deu mais uma risada.

Ronaldo pegou o celular dela sobre a mesa para conferir a playlist. Tentava disfarçar o ciúme que sentia e eu tentava fingir que não percebia o climão que tinha se instaurado naquela pequena sala.

— Vem cá pra gente mostrar pra ele como se faz — convidou Ana.

Ronaldo sorriu. Um sorriso zombeteiro. De orgulho? Logo me fez entender o motivo. De vingança mesmo. Escolheu outra música. "Vem, morena". Agora, na voz do próprio Luiz Gonzaga.

Num segundo, os dois em perfeita sincronia e eu nunca imaginaria, se não estivesse vendo, que meu primo dançava tão bem assim. Também com uma professora como Ana jamais seria diferente. Ela tinha o poder de tornar tudo o que tocava perfeito.

No final da música, Ronaldo segurou Ana numa pose cinematográfica e deu um beijo nela.

— Bobo — disse Ana enquanto se desvencilhava.

— Tio saiu da feira mais cedo e mandou avisar pra vocês que já tá indo pra oficina. Tenho que pegar mãe no mercado, mas posso levar Anthony antes lá.

— Deixa. Daqui a pouco ele vai comigo. Tá terminando uma xilo.

— Mas...

— Eu já disse que levo ele quando acabarmos aqui.

— Ana...

— Ronaldo José.

Ela olhou muito séria para o namorado.

Ana não se intimidava com nada. Era ela quem intimidava. Mas no melhor sentido que essa palavra possa ter. Não encontrei melhor. Como disse antes, não sou tão bom com as palavras.

Então não disse nada.

CECILIA

Domingo.

Passei a manhã inteira na cama para não tomar café.
Fiquei com fome e com ainda mais raiva.
Vontade de pegar todos os meus livros e jogar fora.
Alguém com mais consciência que eu poderia dizer para doar para uma biblioteca ou para alguém e tal...
Não...
Não.
Não!
Não quero legar essas emoções para outra pessoa.
Não quero que ela sofra como eu sofro.

A ignorância dos sentimentos pode ser uma alegria.
A alegria do autodesconhecimento.
Quantas pessoas são felizes sem nunca terem lido um livro na vida?
E eu?
Que leio tantas coisas e não saio do lugar?

Vivo uma vida de livro.
Feita de livro.
Feito livro.
Presa no mesmo lugar como se tivesse sido esquecida numa prateleira.
Uma prateleira que já começa a ceder pelo peso.
Pelo peso do meu corpo.
Pelo peso da minha vida.
Pelo peso da minha consciência.
Mas decido com ela duas decisões.
Não vou almoçar.
Nem colocar o pé para fora de casa.
Porque acordei com raiva de mim.
E de todos os poetas que habitam em mim.
Manuel Bandeira. Oswald de Andrade. João Cabral de Melo Neto.

E todos os outros.

Modernos ou não.

Tudo isso por causa de Ariel.

Por isso vou me permitir sofrer como sempre faço.
Como ontem, como todos os dias.
O pior é que esse sofrimento todo não deixa de ter alguma poesia.

GAEL

— **Ei! Você aí!**

Estava saindo super feliz do treino quando ouvi. Nunca me considerei alguém que chamasse a atenção. Como estava moído do treino, nem me voltei.

— Tô falando com você mesmo, ô, das luvas.

Eu? Comigo? Quem era? E o que queria?

Me voltei.

Um segurança olhava pra mim com cara de poucos amigos. Estranhei.

— Acho que você deixou cair isso aqui.

Ele ergueu algo que não pude identificar. Na hora pensei que fosse a minha identidade. Nem pensei muito, pois naquele dia tinha saído com minha bermuda sem zíper nos bolsos, justamente aquela que quase me fizera perder meus documentos duas vezes. E minha mãe sempre me alertava pra eu ser mais cuidadoso, que era perigoso eu andar por aí sem documento e tal.

— Obrigado — disse me aproximando e já estendendo a mão pra pegar a identidade.

O segurança levantou o braço.

— Calma. Não precisar ter pressa. Ou você tem algum motivo pra estar apressado?

Estranhei. Ele prosseguiu:

— E essas luvas? Você luta boxe?

— Hum-hum — respondi.

— Essas luvas parecem caras...

Tinha alguma coisa errada acontecendo. Não foi uma certeza ainda. Mais uma suspeita, eu diria. O leve toque de deboche e ironia naquelas palavras... Mas naquele momento, pós-treino, eu não tinha conseguido perceber o que estava rolando. Ou eu não queria acreditar no que estava acontecendo.

— Não vai me responder, amigo?

Amigo. Palavra muito forte pra ser usada num diálogo esquisito entre desconhecidos no meio da rua.

— Um pouco... — respondi. — Mas comprei na *black friday* do ano passado... — Me senti me justificando como se o fato de eu portar esse par de luvas fosse um crime.

— Sei... E você tá lutando onde? É que eu quero lutar também, tá ligado?

Agora era ele quem estava se justificando.

— Preciso gastar minha energia pra não fazer besteira, tá ligado? E também pra me defender, sabe como é, a cidade tá cada dia mais violenta, tá ligado?

Eu que precisava ficar ligado. Não era à toa que ele alongava as frases. Ele parecia querer ganhar tempo.

Mas pra quê?

Uma sirene tocou atrás de mim.

Me virei e levei um susto. Uma viatura da polícia.

— Foi esse moleque aí — disse o segurança.

Fui abordado por dois policiais que me mandaram encostar no muro para me revistar. Enquanto eles apalpavam meu corpo inteiro, o que já era um baita constrangimento, um ônibus parou no ponto ao lado. O ônibus que eu pegaria. Senti todos os olhos de todas as pessoas em mim. Meu rosto queimando de vergonha. E de raiva.

E pra piorar o espetáculo de horrores um dos policiais disse:

— Você precisa nos acompanhar, amigo.

ANTHONY

A oficina do meu padrinho era uma bagunça.
   Ali se misturavam ou estavam organizados de um jeito que só ele entendia todo tipo de coisa que ele trabalhava ou colecionava, como calçados e sandálias de couro, peças que ele costurava e colava para vender na feira da cidade. Quadros com xilogravuras de diferentes tamanhos espalhados pelas paredes. Uma rabeca também. Sem falar nos cordéis, muitos cordéis, espalhados, pendurados, por todo lugar. Não havia como se sentar e não pegar pelo menos um para folhear.
   Alguns eram de autoria de Juá do Sertão, meu padrinho.
   Rimas sempre foram uma dificuldade pra mim. E eu sabia que o cordel, lembrava muito vagamente de uma aula de Português sobre isso, tinha um jeito específico de rimar, de contar as sílabas poéticas... Quem lia geralmente nem sempre percebia, mas estava escondido entre os versos. Invisível, porém fazendo a diferença no ritmo.

— Mas rapaz, pensei que não fosse mais me visitar — disse meu padrinho, voltando do banheiro que ficava nos fundos da oficina.

— É a correria. Mas como na minha escola fiquei de férias cedo eu vim. Sabe como é? Ano de Enem, essas coisas... — Usei essas desculpas esfarrapadas para a minha preguiça de pegar três horas de estrada num ônibus.

— E já sabe o que vai fazer?

— Não faço a menor ideia.

— Faz um cordel sobre isso.

— Pro senhor qualquer coisa dá cordel, né?

— E não é que dá? É possível falar de tudo. Do sertão, do cangaço, de política, de religião e até de futebol. Mas esses três sempre dá polêmica ou briga. É melhor ter um pouco mais de cuidado se for mexer com eles. Mas pode falar de amor também. Esse que a menina Ana fez a xilo pra mim é uma história de amor cheia de voltas e reviravoltas. Uma brincadeira que fiz inspirada nos casamentos de quadrilha junina, mas aparece uma quadrilha de verdade para atrapalhar o casamento, o noivo era da quadrilha, tem também uma delegada que amou no passado o chefe dos bandidos, que é irmão desse noivo, a noiva tá buchuda de quase nove meses, com o susto o menino vai nascer, só confusão, mas ficou muito engraçado.

— Não sei de onde o senhor tira tanta criatividade. Não sou muito bom com as palavras, sofro até pra fazer as redações do tipo Enem.

— Mas essas redações são chatas demais mesmo. Todo mundo falando do mesmo tema e do mesmo jeito. Bacana é isso aqui — e ele estendeu os braços para mostrar ao redor. — Literatura de cordel. Tem poesia, tem rima, tem risada.

Tive que concordar.

— Tem umas coisas que o povo escreve que não vejo a menor graça, nem pra rir nem pra achar bom. E o povo ainda ganha prêmio.

— Mas olha — disse, tirando de uma sacola daquelas de plástico com a logomarca da padaria da cidade a placa de madeira que tinha entalhado na casa de Ana. — Fiz uma xilo, matriz, sei lá como chama.

— Hum... — fez meu padrinho enquanto examinava a peça. — Até que para uma primeira tentativa não ficou tão ruim. E ela vai ser a capa de que cordel?

— Cordel? Como assim?

— Por que você não escreve um?

— Eu não sei escrever.

— E quem disse que pra contar uma história ou fazer rimar precisa saber escrever? Seu avô, que Deus o tenha, não sabia ler nem escrever, mas fazia umas rimas como ninguém. De tanto ouvir o que ele cantava dentro de casa, ele contava cantado, que comecei a inventar os meus.

— Não tenho talento — tentei argumentar.

— E quem disse que você não tem?

— Sei lá, padrinho. Acho que não tenho.

— Você nunca vai descobrir se não tentar, Antônio.

CECILIA

— **Eu sabia que** ia encontrar você aqui.

Detesto.

Detesto mesmo quem chega sem avisar.

Quem já vai tocando na gente sem permissão.

Quem vai tomando um pouco do nosso lugar sem pedir licença.

E principalmente quem acha que sabe de tudo numa segunda-feira de manhã.

Ariel era assim.

Como eu não disse nada, continuou:

— Dizem que vocês, poetas, são desse jeito. Quando se desgostam do mundo, procuram uma biblioteca. E olhaí esses livros todos que você vai levar pra casa.

Me desencostei do balcão e das duas pilhas de livros sobre as quais minhas mãos se apoiavam.

— Hipótese um: errada. Hipótese dois: errada.

Ariel olhou para mim e para os livros e ergueu as palmas da mão para cima.

Como isso era tão clichê.

Não.

Eu não tinha a necessidade de me justificar.

Mas eu tinha a necessidade de sentir um certo prazerzinho sobre os equívocos de Ariel.

— Um. Não venho sempre aqui. Faz meses que não venho aqui.

Como agora Ariel não disse nada, respirei fundo e continuei:

— E não. Não estou pegando esses livros emprestado. Estou...

— Obrigada pela doação, Cecilia. Pode assinar aqui, por favor. Nossa biblioteca comunitária agradece muito todos esses títulos de poesia.

Quando devolvi o papel para a bibliotecária, olhei para Ariel.

O sorriso confiante desfeito.

Do jeito que eu pensava que queria.

Mas o abatimento que notei nas olheiras que surgiram

ou que só agora eu percebia

me comoveram.

— Isso foi pelo que eu fiz?

— Talvez — respondi.

Porque eu não sabia se continuava olhando para o desalento de repente expresso no rosto de Ariel.

Ou porque no fundo pelo menos nessa terceira hipótese Ariel tinha razão.

Ariel pegou na minha mão.

Pega de surpresa não consegui retirar.

— Vim pedir desculpa — e depois de uma pausa dramática.

— Desculpa.

Meu rosto não sabia se ria ou se demonstrava espanto.

Depois de roubar meu caderno e declamar meus poemas no pátio da escola oito letras bastariam para colocar tudo de volta no lugar?

Desculpa.
Mas não.
Mas.
Fixos ainda em mim, sem piscar, os olhos verdes de Ariel.
Bonitos como sempre foram.
Pareciam sinceros apesar de tudo.
Era verdade?
Era mentira?
Quem era Ariel afinal de contas?
Retirei a mão.
Nem disse que sim.
Nem disse que não.
Fui embora com o coração na mão.
De Ariel.

GAEL

— **Amigo, seu celular** caiu. Cuidado aí.
   — Va-leu.
   — Gael? Gael? — Mavi deu uma corridinha até mim.
Não respondi.
   — Derrubasse o celular? Você... tá bem?
Ela me encarava com ar preocupado.
   — Oi.
   — Tá tudo bem? — ela repetiu.
   — Tá.
Inspirei o mais que pude pra retomar o controle.
   — Tá. Tudo bem.
   — Ih, não sei, não... Cê tá com uma cara.
   — Já disse que tá tudo bem. Vamos. Logo.

ANTHONY

Fiquei com vergonha de perguntar para o meu padrinho como era a tal estrutura do cordel. Ele com certeza achava que eu sabia. Então, à noite, depois da janta, fui para o quarto com alguns cordéis ao lado e procurei logo um vídeo no Youtube

Falou da origem, mas não das rimas. Procurei outro. Mesma coisa. *Será que eu estava me preocupando demais com elas?*

Dei um Google. Achei as regrinhas no site de uma oficina. Alguns nomes complicados no caminho: sextilhas, redondilha maior, heptassílabos...

Li *O cavalo que defecava dinheiro*, de Leandro Gomes de Barros. O pessoal contava uma história, fazia rir e ainda rimava.

Disse o pobre à mulher:
— Como havemos de passar?
O cavalo é magro e velho
não pode mais trabalhar
Vamos inventar um "quengo",
pra ver se o querem comprar.

*Foi na venda e de lá trouxe
três moedas de cruzado
sem dizer nada a ninguém
para não ser censurado.
No fiofó do cavalo
foi o dinheiro guardado.*

*Do fiofó do cavalo
ele fez um mealheiro.
Saiu dizendo: — Sou rico!
Inda mais que um fazendeiro,
Porque possuo o cavalo
que só defeca dinheiro.*

Esse eu sabia que inspirou a peça *Auto da Compadecida*, de Ariano Suassuna.

Também li outro cordel famoso, como descobri no Google depois, mas que eu ainda não conhecia, *Romance do pavão misterioso*, na versão de João Melquíadas Ferreira da Silva. Uma história de amor que lembrava um conto de fadas com um toque de ficção científica.

Em seguida, tentei escrever algo meu. Uma estrofe no bloco de notas do celular mesmo. Mas me faltavam ideias e rimas.

— Posso entrar? — perguntou minha madrinha à porta, mas já entrando. — Vocês não saem desse celular.

— Ah, mas eu não tô perdendo tempo com besteira, não. Olha — e mostrei a tela – tô tentando fazer um cordel.

— Seu padrinho vai gostar disso.

— Mas é muito difícil. Tem que rimar nos versos 2, 4 e 6...

— Essa é a parte mais fácil.

— Tem que contar as sílabas poéticas...

— Por que tem que contar as sílabas?
— São heptassílabos.
— É o quê?
Eu ri.
— É o que eu achei aqui na internet.
— Faz do jeito que dá. Faz do seu jeito. Depois, você lê mais, escuta mais, pega umas dicas com seu padrinho e vai aprimorando.
— A senhora tem razão.
— Gostar é o primeiro passo. E você já tá gostando. Escrever é o segundo. E você já tá escrevendo. Acertar o ponto vem em seguida naturalmente. Você acha que os poetas do sertão, que não sabiam nem ler nem escrever, se preocupavam demais com isso? Tem umas licenças poéticas, meu filho. É como fazer doce. Chega uma hora que você acerta o ponto da calda sem nem se preocupar com receita nem nada.

Pensei um pouco, depois disse:
— Sabe, madrinha? Não sei explicar direito... É como se o cordel ao mesmo tempo fosse algo tão meu e também desconhecido que só estou descobrindo agora.
— Acontece. Mais cedo ou mais tarde a gente sempre se encontra com as nossas origens.

CECILIA

Minha dor foi tanta depois da decepção com Ariel que não consegui fazer o poema que a professora pediu.

E eu a aluna preferida para representar a escola no concurso de poemas do governo do estado não escrevi o meu.

Nem um versinho na realidade.

Perdemos as oportunidades que mais queremos.

Uns dizem que por medo.

Eu discordo.

Quando não fazemos algo que queremos muito é porque está doendo por dentro.

E muito.

No caderno, escrevi mais alguns versos.

Gargalha, ri, num riso de tormenta,
como um palhaço, que desengonçado,
nervoso, ri, num riso absurdo, inflado
de uma ironia e de uma dor violenta.
(Cruz e Sousa)

A professora ficou decepcionada comigo.

Talvez, se fosse outro momento, eu ficaria triste por não corresponder às expectativas dela.

Mas ninguém correspondia às minhas.

Nem Ariel.

Na realidade, nem eu mesma correspondo.

Por isso só afundo no meu poço cheio de solidão.

Mergulho e fico lá como se estivesse numa banheira que enchi com as minhas lágrimas.

E eu pensava tudo isso pela milésima, centésima, enésima vez quando, ao voltar do banheiro — sim, na terça-feira minha mãe me obrigou a ir para a escola, a cólica só funcionou como desculpa na segunda —, vi algo em cima da minha banca.

Um caderno.

Um caderno bonito.

Embrulhado num saquinho.

Com uma fita rosa daquelas já amarradas.

E um bilhetinho.

Peguei o papel tremendo.

Só o destinatário estava preenchido.

Para Ceci.

Eu.

E ainda com meu apelido.

Muita ousadia.

Olhei ao redor como que procurando a resposta.

Do campo vazio.

Do remetente.

Mas eu já sabia.

E quando encontrei seus olhos verdes.

Os mesmos de ontem.

Talvez até um pouco mais profundos.

Lembrei que um dia escrevi em meu caderno o alerta poético:

A *mão que afaga é a mesma que apedreja.*
(Augusto dos Anjos)

Então
eu peguei
o bilhete
o presente
que era o caderno
a embalagem plástica
a fitinha
tudo junto
e joguei no lixo.

GAEL

A gente tinha parado pra tomar água. Mavi com certeza percebeu que eu tava precisando. Só o fato de lembrar do que tinha acontecido ainda me deixava abalado como se tivesse recebido um soco na têmpora.

Depois de beber um pouco, ela pegou a garrafinha gelada e, com uma expressão divertida, tocou na minha sobrancelha esquerda.

Justamente naquele canto.

— Olha só! Ele nem reclamou — riu Mavi. — Mas tá muito gelada, né?

— Hum-hum — concordei rindo sem graça e tomei mais um gole da minha garrafa enquanto esperava ela perguntar o que sempre me perguntavam.

— Como foi isso? Brigando na rua?

— No ringue mesmo.

— No ringue?

— Eu luto boxe. Ou melhor, lutava.

— Muita informação ao mesmo tempo. Vamos por partes.

Ela se encostou nas grandes com o rio Capibaribe e a torre de Cristal ao fundo enquanto arrumava todas as trancinhas só de um lado do pescoço. Precisava tirar uma foto dela assim. Levantei o celular. Ela sorriu. Mavi tinha a noite nos olhos. Mas não uma noite de medo como as minhas. Uma noite de festa. Cliquei. Ela perguntou:

— Você sabe lutar boxe?
— Sei.
— Tipo competição.
— Mais ou menos. Já ganhei medalha de... na associação.
— E por que parou?

Pensei em contar, mas desisti.

— Não era pra mim.
— Tá falando do boxe ou da medalha de ouro?

Como ela sabia que eu tinha ganhado medalha de ouro?

— Perdi minhas luvas. E como você sabe que ganhei medalha de ouro?
— Olha só! Acertei. Quer dizer, não sabia. Mas você tem cara de durão. Durões sempre vencem apesar de tudo. Viu só? — e ela riu, divertida. — Arrisquei e não é que acertei? É raro, mas acontece muito.
— Acertar? — provoquei.
— Me arriscar — corrigiu Mavi. — Mas agora não estamos falando de mim e sim de você. Essa cicatriz tem alguma coisa a ver com a desistência?
— De alguma forma tem. Sabe como é, esporte de troca de soco, acabam taxando a gente de violento, e se você é...
— Negro? A maior besteira você pensar isso.
— Mas é o que pensam.
— Favor inserir um palavrão neste momento — sorri do comentário de Mavi. Depois, ela fez uma pausa antes de falar com os olhos firmes nos meus: — O importante não é o que os outros

pensam de você, muito menos o que você pensa de você, mas o que você faz diariamente por você.

Minhas sobrancelhas arquearem. O machucado não doeu mais. Mesmo depois que tirei os pontos, ele ainda doía. Minha mãe dizia que era psicológico. Talvez fosse. Era. Até ali. Talvez porque ele foi feito no dia seguinte àquela noite em que perderam as minhas luvas entre a revista e a delegacia. Eu quis descontar toda a raiva no ringue, quase machucava meu parceiro de treino que não tinha nada a ver com o que tinha ocorrido. Tentando apenas se defender de mim, ou da minha raiva do mundo, ele abriu sem querer meu supercílio. Mavi me puxou de volta ao presente.

— Eu tenho umas frases muito bacanas, né?

— Tem.

Ah, aquele olhar, aquele sorrisinho com um furinho na bochecha...

— E o sorriso também.

— Hum... Sei... Senhor boxeador que desistiu de me contar que tinha ganhado uma medalha de ouro pra não me impressionar como deveria. Não desista, Gael.

— Não desista dos seus sonhos... — tentei completar, revirando os olhos. Estava cansado de ouvir isso. Mas ela me interrompeu.

— Não, não, não! Não desista de ser quem você é. Ou de quem você quer ser. Tanto faz. Como é mesmo a frase daquele filme... Um passo, um ringue... de *Creed*!

— Um passo, um soco, um round de cada vez.

— Isso! Eu gosto de outra. Acho que é de *Creed 2*.

— Qual?

— É só mais uma luta, tá bem? Você consegue — e Mavi deu uns soquinhos no meu peito.

Agora vou colocar a modéstia um pouco de lado. Percebi que ela reparou que o meu peito era forte. Durão. Se ela queria que eu não a deixasse de impressionar, de alguma forma consegui.

Mas confesso que não entendi muito bem o que ela quis dizer com a segunda frase. Será que ela queria que eu a achasse a Tessa Thompson com aquelas trancinhas e eu o Michael B. Jordan?

— Vamos continuar? — ela chamou.

Se era pra caminhar ou pra lutar, os dois pedidos estavam aceitos.

ANTHONY

— **Coragem, Toninho!**

Do outro lado do riacho, um bode nos olhava atravessado. Mas Ana me dava coragem para pular com tudo nas águas.

Frias. Geladas. Nem parecia que eu estava no interior.

As águas ficavam no meio das canelas. Era preciso se deitar para aproveitar mesmo e molhar o corpo inteiro.

— Você é muito frouxo — disse Ronaldo. — Vê mesmo: ter medo de um pai de chiqueiro desse.

— Pai o quê?

— Pai de chiqueiro — ele repetiu.

Mas quem explicou mesmo foi Ana:

— É o chefão. O dono do pedaço. O bode que cuida das cabras e manda na parada toda.

Sorri do jeito "da capital" que ela tentava colocar na voz. Porém o sorriso se desfez quando olhei novamente para tal bode pai de chiqueiro do outro lado do riacho e achei que ele tinha se aproximado.

— O que foi? — perguntou meu primo.

— Ele não se mexeu?
— Impressão sua. Esquece ele e aproveita isso aqui, ó.
E mergulhou de costas.
Ana também. Fiz o mesmo.
Dava para ficar boiando. Curtinho aquela água gostosa no corpo.
O sol estava bem quente. Mas logo uma nuvem o encobriu e pude abrir os olhos e curtir aquela sensação de se conectar inteiramente à natureza. Como só em poucas vezes a gente consegue fazer.
Ficamos assim um tempão que pareceu um tempinho.
— Bora pegar caju? — convidou Ana. — Tô com fome.
— Bora — concordou Ronaldo.
Quando me sentei novamente, procurei logo o famigerado bode.
Lá estava ele. Numa pedra mais próxima ao riacho. Ele se aproximava mesmo. Eu tinha certeza.
— Olha...
— Esquece isso — disse meu primo Ronaldo.
Nos olhos de Ana encontrei acolhimento, pois ela também olhou desconfiada para o pai de chiqueiro.
Pegamos nossas coisas e subimos para a área dos cajueiros.
Não tinham muitos. Mas conseguimos pegar alguns cajus.
Ronaldo foi logo se lambuzando e sujando toda a camisa.
— Sua mãe vai brigar pouco — alertou Ana.
Ele deu de ombros.
Peguei um caju. Metade amarelo, metade laranja, quase avermelhado. Lembrei do ranço antes da mordida. E a hesitação me fez ver de novo o tal bode. A poucos metros de nós três.
Se ele atravessou ou deu a volta no riacho, não sei.
Só sei que ele estava ali. Parado. Ou estava, pois começou a andar devagar na nossa direção.
— Ronaldo... Ana...

— O que é medroso? — ele perguntou.

—Acertou um caju ruim? — ela quis saber.

— Olha...

O bode vinha na nossa direção.

— Simbora! — comandou Ronaldo largando o caju e começando a acelerar o passo.

— Ai, ai — fez Ana dando saltos sobre os galhos e as folhas.

Fui atrás e volta e meia dava uma conferida no bichano, que nos seguia, agora sem disfarçar e cada vez mais rápido.

E nós também.

De repente, Ronaldo gritou:

— Corre!

Ana desatou a correr, eu também e o bode também.

A cerca de arame farpado não ficava longe, mas nesse dia pareceu que ficava no Japão.

Ronaldo se jogou no chão e rastejando no barro passou para o outro lado.

Ana se esgueirou no meio de duas tiras de arame farpado.

Eu peguei impulsou numa pedra, me apoiei numa das estacas e saltei para o outro lado. Nunca tinha feito isso na vida. E nem faria de novo. Mas naquele dia foi o que deu para fazer e que bom que deu certo.

Na estrada de barro, nós.

Do outro lado da cerca, o bode bufando feito um touro frustrado.

— Que susto, meu véi — soltou Ronaldo.

Ana soltou uma risada gostosa que não conseguia parar.

Eu era um misto de alívio e risada. Pois o riso de Ana me contagiou, mas eu não poderia deixar de replicar ao meu primo:

— Quer dizer... então... que o frouxo sou eu? — eu disse, rindo sem controle. — Que eu saiba... o primeiro a correr... foi você.

— E eu ia ficar lá fazendo o quê? Esperar uma chifrada?

Pelos versos dos nossos corações

Enquanto Ronaldo e eu, ficávamos discutindo quem era o mais medroso. Ana só ria. Acho que, além do susto, de nós dois.

CECILIA

Atiro meu caderno de poemas no chão.
    Depois me levanto bruscamente da cama e agarro ele bruscamente.
    Aprendi a gostar dessa palavra.
    Bruscamente.
    E ela vai ficar aqui como
repetição,
redundância,
exagero,
metáfora
ou simplesmente — e por que não dizer a realidade? — como falta de vocabulário da autora.
    Mais uma vez só para incomodar o leitor porque advérbios de modo demais incomodam.
    Bruscamente.
    Agora já provei o bastante que palavras podem incomodar.
    É o que a poesia do meu caderno cada vez mais está fazendo comigo.

Por isso quero destruir o meu caderno.
E não ter mais nenhum caderno.
Porém hesito.
Não rasgo.
Se hoje odeio a poesia, infelizmente tenho que reconhecer que ela ainda é o que me mantém de pé.
Contradição?
Antítese?
Paradoxo?
Poesia.
Paixão.
Amor.

Ardor em firme coração nascido;
Pranto por belos olhos derramado;
Incêndio em mares de água disfarçado;
Rio de neve em fogo convertido
(Gregório de Matos)

Viro a página.
Só um versinho.
E diz tanto e tudo e muito.

Eu tenho um coração maior que o mundo
(Tomás Antônio Gonzaga)

A culpa por tudo isso que vivo é desses poetas.
Mesmo sem ser românticos eles são.
Sim.
Preciso culpar alguém.
Quero e vou culpar quem um dia me fez acreditar em palavras bonitas, em quem fez poesia e amor serem sinônimos.

Amor é vida; é ter constantemente
Alma, sentidos, coração – abertos,
Ao grande, ao belo; é ser capaz d'extremos,
D'altas virtudes, té capaz de crimes!
(Gonçalves Dias)

Amemos! quero de amor
Viver no teu coração!
Sofrer e amar essa dor
Que desmaia de paixão!
(Álvares de Azevedo)

Teu amor na treva é – um astro,
No silêncio uma canção,
É brisa – nas calmarias,
É abrigo – no tufão.
(Castro Alves)

Só que não.

GAEL

Paramos no Marco Zero. Para quem não conhece, o Marco Zero é o coração do Recife Antigo, onde são montados os palcos dos grandes eventos que ocorrem na cidade. Apesar de, confesso, nunca ter ido pra nenhum, já acompanhei alguns pela televisão. Como os shows que ocorrem no Carnaval, por exemplo.

Tiramos muitas fotos. Eu não gosto que tirem fotos minhas. Acho que não fico muito bem nelas. Principalmente em lugares escuros. Quase desapareço. Nem sempre os arquitetos pensam em nós. Mas gosto de tirar. E nessa tarde estava curtindo e muito tirar várias fotos de Mavi.

— Não tá um céu de sorriso bonito?

Ela perguntou, olhando pro alto. O sol batendo e vibrando de luz em toda a sua pele. Tirei mais uma foto.

Sim, o céu estava bonito. Muito. Mas o sorriso de Mavi iluminava muito mais o meu mundo naquele momento. Acho que estou apaixonado ou emocionado, como dizem os meus colegas de academia quando tiram onda com os mais românticos. Como eu.

— Tá bom. Chega de foto. Se fosse uns dois anos atrás, nem deixaria você tirar tanto foto assim.

— Por quê?

— Minha gengiva. Muito escura. Não gostava dela. Mas hoje não ligo mais. Aprendi a me gostar. Agora vem comigo. Senão a gente vai perder a apresentação.

Pegamos um atalho atravessando o Centro de Artesanato que fica ao lado do Marco Zero.

— Como essas coisas podem ser tão caras? — perguntei pra Mavi.

— Antes eu achava que era porque tem quem compre. Mas depois entendi que é uma questão de valor. O valor que as pessoas dão às coisas. E até a si mesmas. Em geral, a gente se subestima muito, Gael. O mundo então...

Tinha algumas obras bem maneiras. Umas xilos daora. Entre tantas outras coisas, como brinquedos, roupas e bebidas.

Não demoramos muito no Centro de Artesanato. Na saída, senti o peso do olhar de um dos seguranças em mim. Tentei não reparar que ele me examinava de alto a baixo. De novo isso.

Mesmo assim, voltei o olhar discretamente pra trás. Depois de um trauma, a gente não consegue agir normalmente de uma hora pra outra. A qualquer momento um gatilho pode ser disparado. Por isso, pude ver que aquele filho de uma mãe olhava com malícia para a bunda de Mavi.

Tive vontade de dar um soco naquele sujeito.

Mavi não era nenhum pedaço de carne praquele cachorro safado ficar secando com um risinho descarado.

Respeita a mina, seu verme!

Mas eu já sei que lutar nem sempre significa bater.

Na maioria das vezes, lutar é o mesmo que não levantar um punho.

— Qualé?

Esse *qualé* que um colega segurança, negro como eu, lhe deu me fez sorrir de satisfação. Às vezes, palavras ditas pelas pessoas certas bastam.

ANTHONY

A quinta-feira chegou. O dia da festa.

Acordei e já tive a incumbência de uma missão. Levar um bolo lá na Ana, como dizia minha madrinha.

Quando cheguei, não pude chamar. Pois escutei duas vozes altas brigando. Não dava para entender muito bem o que era porque a porta estava fechada diferentemente do outro dia em que cheguei lá com Ronaldo.

Apertei os dentes e esperei um pouco. Tive vontade de voltar. Mas também tinha que entregar a encomenda. Esperei mais um pouco e procurei a campainha. Não tinha. Então, chamei mesmo:

— Ana!

E depois bati palmas. É assim que as pessoas fazem.

A porta abriu.

— Oi, Toninho. Entra.

— Madrinha mandou esse bolo — disse, sem saber de devia entrar mesmo ou não. A cara de Ana não estava muito boa.

— Entra logo, vai. Pra ver se minha mãe para pelo menos cinco minutos de brigar comigo.

— Eu não estou brigando com você, Ana. Só estou cobrando mais responsabilidade.

— A senhora lembra do Toninho?

— Nossa! Como você cresceu! — exclamou ela, chegando na sala. — Se eu encontrasse na rua, não reconheceria. Tá mais alto, tá bonito... Aproveita e coloca um pouco de juízo na cabeça da minha filha, por favor, que ela só quer saber de arte, xilo e cordel e não quer costurar as calcinhas dela.

— Mãe!

Eu não sabia o que fazer ou falar.

A mãe de Ana entrou com o bolo que entreguei.

Ana soltou um suspirou e pegou uma pilha de pedaços de pano do chão. Desatou o nó das tiras que enrolavam.

Tirou alguns panos de cima de uma máquina de costura. E olhou pra mim:

— Vê se isso tem a menor graça? Costurar, costurar, costurar. Fazer tudo igual, repetido, o dia inteiro.

— Mas é o que paga as nossas contas — ouvimos a voz vinda da cozinha.

Ana baixou o tom:

— Dizem que na capital as coisas não estão fáceis de emprego. Muita gente vindo pra cá. A cidade crescendo. Tendo uma máquina de costura aqui trabalho não falta. Mas isso apesar de me dar um dinheirinho legal, não me dá a mesma alegria de quando faço as minhas xilo. Não sou nenhum J. Borges ainda, sei lá se um dia vou ser, mas o que queria era trabalhar com isso, sabe? Com arte. Ver o que eu faço ser conhecido, respeitado, valorizado.

— Você pode conversar enquanto costura, Ana.

— Melhor eu ir — disse.

— A gente passa lá às 18h pra te pegar pra ir pra festa.

— Senão não vou deixar vou ir pra festa com seu noivo mais tarde.

— Noivo? — me surpreendi. — Ronaldo?
— Ainda não. Mas quase. Mais tarde eu explico.

CECILIA

— **Você acha que** vai comprar minhas desculpas com um presente? Depois de roubar meu caderno e recitar meus poemas no pátio da escola para todo mundo? Você acha que eu vou perdoar você assim tão facilmente? Se eu ia ficar triste chateada com raiva você não conseguiu pensar nisso por um só momento? Você não pensa que eu sou uma pessoa? Que sofre que chora e que nem sempre consegue rir das dores do caminho?

Era tudo isso eu queria dizer.

E até talvez um pouco mais.

Assim de supetão.

Com toda a minha força.

Para Ariel.

Ariel.

Para depois respirar fundo e continuar:

— Quer dizer que ler poesia não garante que a gente seja uma pessoa melhor? E que muito menos escrever poemas garante que não sejamos uma pessoa ruim? Eu sou uma pessoa, você é uma pessoa, mas nesse momento acho a gente tão diferente que nem parece que nossos corações só querem sonhar e amar como qualquer um. Nem que seja um pouquinho. Mas todos os dias se possível. Impossível é ser assim como você se a poesia toca mesmo a sua alma.

Mas não disse nada disso.
Nem na terça.
Quando encontrei o presente.
Nem na quarta.
Porque não fui de novo para a escola.
Muito menos na quinta.
Onde agora eu tentava acompanhar a resolução das questões de Química Orgânica que o professor fazia no quadro.
Tentei.
Até que consegui.
Por dois minutos.
Depois me perdi.
Na lembrança.
Do presente.
Do que queria dizer, mas não disse.
Da mão de Ariel pegando na minha biblioteca.

GAEL

— **Era isso aqui** que eu queria te mostrar — disse Mavi estendendo a mão pra guiar o meu olhar.

Grupos de jovens se espalhavam pelo gramado. Ora reunidos como se estivessem fazendo um piquenique, ora andando de um lado pro outro como se procurassem o seu lugar.

Jovens de todos os jeitos.

E no ar havia música, batida e...

— Poesia! Vem! – Mavi voltou a me arrastar. – Começou! No vão livre do Cais do Sertão.

Na área aberta do térreo do prédio, uma roda se formava em torno de um garoto e de uma garota que alucinadamente alternavam versos rimados e ritmados.

Mavi aproximou a boca dela do meu ouvido pra explicar:

— O pessoal que não ganhou o concurso de poesias marcou uma batalha de rimas. Um concurso alternativo.

O garoto falava das dores de ser negro, periférico, excluído. A garota de ser mulher preta numa sociedade machista e racista.

— Quem tem coragem de dizer que isso não é poesia? — perguntou Mavi, entusiasmada.
— Muita gente — respondi meio acanhado. — Eu curto. Mas já tive um professor que disse que isso é moda, não é literatura, muito menos poesia...
— Esse professor *já sabe* o que é poesia?
— É professor de Literatura.
— Literatura eu descubro um pouquinho todos os dias. Poesia a cada instante em que vivo.
Concordei. Mavi tinha razão. Sempre. Mas sem perder a emoção e a poesia.
— Racionais MC's entrou num vestibular de Sampa ao lado de Camões, cara! A coisa tá mudando. Nossa voz finalmente sendo reconhecida.
— Ainda bem.
— Lembra que eu disse que o importante não é o que os outros pensam de você?
— Jamais esquecerei.
— Muito bem! Também não se esqueça de que não importa o que dizem que você deve ou não gostar. Tenho uma amiga que mente sobre quais são seus livros favoritos porque acredita que precisa agradar os outros.
— Sério isso?
— Pra você ver. E olhe que ela faz Letras na Federal! O que era pra ser uma libertação muitas vezes vira prisão. Por isso pra mim o que vale mesmo é o respeito: do diferente e da diferença. E gostar de versos, de rimas, de histórias, de poesia e de vida. E quem gosta DE VERDADE não tolhe, não censura, não aprisiona ninguém.
— Mavi, deixa de conversa mole com teu *boyzinho* e vem pra batalha!
E ela foi puxada pelos amigos pro centro da roda.

Só não fiquei chateado porque eu queria ver sim ela rimando versos pro *boyzinho* dela. No caso, eu.

ANTHONY

Como combinado, às 18h, eu estava pronto à espera de Ana e Ronaldo.

No espelho, quando fui conferir pela décima vez se meu cabelo estava no lugar, notei uma expressão preocupada.

Como assim Ana estava noiva? Quer dizer, quase noiva de Ronaldo?

E eu...

Escutei a buzina da moto, aliás de duas, e depois os gritos:

— Bora, primo!

— Toninho!

Ao chegar na frente da casa, ainda pude ver Ronaldo reclamando com Ana.

— Para de chamar ele de Toninho. Ele não é mais criança.

Eles perceberam que eu percebi, mas tentaram disfarçar. Ronaldo chamou:

— Sobe aqui. Você vai comigo.

Obedeci, embora, no fundo, quisesse ir na garupa de Ana. Seguimos, então, para o centro. Coisa rápida.

Lá, uma infinidade de motos chegava, sejam dos próprios moradores, ou de mototaxistas, que são bem comuns na cidade.

Havia parque de festa infantil montado. Com todos aqueles brinquedos de sempre. E o palco do show onde faziam testes de som e de luz.

— E aí, primo? — Ronaldo agarrou meus ombros com uma intimidade que não tínhamos. Acho que foi a forma que ele conseguiu para tentar esquecer o climão. Pelo menos o segundo que eu presenciava. — Vai arranjar uma *boyzinha* hoje?

— Se for, já vai deixar a garota com o coração partido porque volta amanhã.

Ana falava dela?

Eu tinha que parar de pensar nisso. E na primeira oportunidade perguntaria tudo. Para ela.

Demos uma volta. Ronaldo encontrou vários conhecidos da feira. Ana algumas amigas da escola.

— Acho que aquela ruivinha tava de olho em você — disse Ronaldo se referindo a uma das amigas de Ana.

— Que nada! Aquela ali não gosta de ninguém nem dela mesma.

Ronaldo ia dizer algo, quando o apresentador anunciou que os shows iriam começar. Uma dupla de repentistas subiu ao palco com suas violas. Era um desafio.

Era incrível o ritmo, o fôlego e a imaginação que aqueles dois senhores que aparentavam ter mais de setenta anos tinham para compor versos de improviso. E eu lá sofrendo com a minha meia dúzia de versos. O povo que assistia, poucas pessoas ainda, vibravam com cada tirada ou até mesmo piada que eles conseguiam fazer com uma naturalidade absurda. Estava admirado mesmo.

À tarde, conversando com meu padrinho sobre cordel, tentando pegar umas dicas, ele disse que um pouco daquela linguagem estava dentro em mim. Eu só precisava descobrir como despertar essa minha poesia.

Logo depois subiu um trio pé de serra, que começou a cantar músicas tradicionais. Algumas reconheci que eram de Luiz Gonzaga, Dominguinhos, Elba Ramalho... Ronaldo dançou com Ana. Fiquei tomando refrigerante. Vi a amiga ruivinha de Ana olhando para mim. Fingi que não vi e tomei mais um gole.

— Agora, deixa eu ver se seu primo desenferrujou ou aprendeu alguma coisa que eu ensinei — disse Ana me convidando para a dança.

CECILIA

— **Você não vai** me perdoar.

De novo.

Ariel.

Assim que tocou o sinal para o intervalo, com todo mundo saindo da sala, Ariel se colocou na minha frente, como estátua, atrapalhando a minha passagem.

De novo aqueles olhos verdes.

— Por que você fez isso?

— Porque não sei fazer o que deveria.

— E o que você deveria?

— Ter tido a coragem de dizer que eu estava gostando de você.

Fiquei com ainda mais raiva de Ariel.

Porque me fez ficar com os olhos vermelhos.

Acho que a minha cara toda estava ficando vermelha.

— Agora você vem. Diz isso. Assim? E pronto?

— Errei. Da pior forma. Fui ouvir os outros. Me preocupar com o que iam achar de mim. Não quis ser diferente, apenas igual. Acabei sendo pior. Porque deles já não se esperava o melhor. Mas não era isso que você esperava de mim. Nem eu de mim. Eu deveria ter sido uma pessoa melhor. Não fui. E puro arrependimento estou aqui.

Eu tinha vontade de perguntar o que Ariel queria que eu fizesse ou dissesse.

Não liga.
Nem se preocupe.
Perdoo,
relevo,
desculpo.
Muito difícil.
Mas perguntei:
— O que você quer que eu faça?
— Não sei se ainda tem alguma coisa que eu possa fazer para consertar o meu erro.
Tive que concordar:
— Não.
Ariel baixou os olhos.
A boca apertada formando um bico.
Não tinha cara de criança arrependida.
Mas de adolescente que aprendeu tarde demais que com o coração alheio não se brinca.
— Eu já sei.
E se afastou.
Fui atrás.

GAEL

Aplaudi.

— Acho que aqui você vai ficar em primeiro lugar — disse assim que Mavi voltou pra junto de mim.

— Não vai ser tão fácil. A turma é boa.

— Mas você é mais. Muito mais.

— Sei... Senhor boxeador. Não quer tentar uma batalha?

— Fora do ringue sou tímido. Mas tô curtindo ouvir.

— Poesia de verdade é bom demais, né? Tem vida, energia, até biografia.

— Falando em biografia, creio que já falei demais da minha vida. Mas acho que a Senhora Batalhadora de Rimas não me contou nada sobre a sua.

Mavi fez uma careta. Ela gostava de ouvir os outros, mas não de falar sobre si mesma.

— Como foi que você descobriu a poesia? — comecei por algo bem simples. Pelo menos era na minha cabeça.

Ela suspirou.

— Pensei que ia fazer uma pergunta mais fácil. Mas já que perguntou essa, vamos lá.

ANTHONY

— **Você e Ronaldo** estão noivos? — perguntei enquanto tentava não errar muito no meu um pra cá, um pra lá.
— Vou ficar — Ana respondeu. — No fim do mês.
— Vocês são novos.
— Somos sim. Mas aqui ainda é um pouco assim.
— Mas é isso mesmo que você quer?
— Por que não?
Ana me olhou muito séria. Falei a primeira coisa que veio à mente, o que era uma repetição:
— Porque vocês são muito novos. Não pensa em fazer Enem, universidade, essas coisas?
— Pensar, penso, querer, até quero, mas agora não dá. Preciso trabalhar. Ajudar em casa. Costurar uma pilha de calcinhas todos os dias. E fazer minha xilos quando dá ou quando eu deixo tudo de lado para respirar um pouco fazendo uma coisa diferente. Pelo menos filho eu não penso agora, diferente de umas amigas minhas que não se preocupam muito com isso. Casou é pra ter filho, pra ontem, pra já.

— Cada cabeça é um mundo.

— Pois é. E, às vezes, o mundo parece querer todo mundo do mesmo jeitinho. Mas não dá pra ser assim. Quase nunca se dá para ser o que se quer ser.

— Será? — retruquei.

— É muito mais fácil quando você tem todas as possibilidades ao alcance da mão. Mas nem tudo está ao alcance da mão de todo mundo do mesmo jeito como muitas vezes fazem a gente pensar.

Tive que concordar.

O corpo de Ana nas minhas mãos. Ela dançando comigo. Com inteligência, graça, beleza. Mas logo se casaria com meu primo. E seriam felizes para sempre. Ou do jeito que o para sempre deles fosse possível.

A música parou. No palco, ajustavam alguma coisa do som. Ronaldo avisou que ia comprar um espetinho. Perguntou se queríamos. Recusei. Ana aceitou.

Enquanto a música não voltava, ela confessou:

— Meu sonho mesmo é ser artista, Toninho. E vou ser. Você vai ver. Ainda vou ser muito conhecida. A maior xilógrafa que esse Brasil já viu! E quem sabe a gente se encontra por aí, de outra forma, de outro jeito, em outro momento. Se, aparentemente, não formos os mesmos, talvez lá no fundo, o coração ainda seja e guarde um recordação de tudo isso aqui.

A música voltou. Ronaldo também com os dois espetinhos.

E ao amanhecer eu também voltaria para casa.

CECILIA

— **Atenção, atenção, atenção!**

No mesmo banco do espetáculo do meu primeiro capítulo, Ariel subiu convocando a todos.

Eu não estava acreditando.

Muito menos gostando do que via.

— O que é que Ariel vai aprontar de novo? — perguntou Thaís.

Fingi que não ouvi.

Ela só aparecia quando queria.

Para abrir a cortina do espetáculo.

Ariel começou:

— Quero pedir desculpas pelo que fiz. Mexi em algo que não deveria. O seu caderno de poesias, Cecilia. Que todo mundo riu por não serem suas. Mas elas são. A partir do momento que você lê, copia essas palavras, toma conta delas como se fossem suas, elas realmente são. Porque os bons poetas fazem isso: falam pela gente.

Os olhos verdes de Ariel em mim e todos os olhos de todas as cores de todos os alunos que estavam no pátio em mim também.

Eu tentava em vão controlar o calor que queimava as minhas faces olhando só para Ariel.

— Não sei se Cecilia vai me perdoar. Mas eu preciso contar a verdade. Para todo mundo. Se fiz o que fiz foi por medo do que os outros iam achar de mim. Se fiz o que fiz foi para negar o que eu estava sentindo. Se fiz o que fiz foi por não acreditar num amor sem padrões. No meu amor. Por ela.

Se o objetivo de Ariel era fazer uma declaração, deu errado.

A turma inteira que estava no pátio soltou gritos, palmas e risadas.

Me senti ainda mais exposta que da primeira vez.

Ariel não leu Mario Quintana.

Ou, com certeza, não viu estes versos no meu caderno:

Se tu me amas, ama-me baixinho
Não o grites de cima dos telhados
(Mario Quintana)

Só me restou duas coisas.
Dar as costas.
Ir embora.

GAEL

Sentados no chão e encostados na parede, num dos cantos da ampla área situada embaixo do Cais do Sertão, aguardava Mavi, sentada a minha direita, começar. À esquerda, ao fundo, o mar que separava o Recife Antigo do Parque de Esculturas Francisco Brennand. Ainda não tinha ido lá do outro lado. Ainda não fui em muitas lugares.

— Você quer saber mesmo a minha história?

— Se puder e quiser...

Mavi contou:

— Morava num bairro ruim, onde tudo era pouco e o pouco precário. Além disso, ou justamente por causa disso, a violência volta e meia dava tiros por ali. Aí, num dia, minha mãe me proibiu de sair pra rua, pra brincar. Eu não era uma criança fácil, a gente brigou, discutiu. Pra completar nem deu tempo dela sair pra comprar comida. O toque de recolher foi dado antes. Ou seja, uma mistura de medo, fome, frustração.

— Que barra...

— Nesse dia tudo tava tão ruim que eu queria sumir e por isso me escondi com meu celular de brinquedo debaixo da cama da minha mãe. Só que lá encontrei um livro. De poesia. Era da escola. Do tempo dela. Peguei a lanterninha do meu celular de brinquedo e iluminei aquelas páginas. Pelo menos logicamente é o que penso que fiz. Mas às vezes me parece que foram aquelas páginas que me iluminaram e não usei lanterna nenhuma. O livro era uma coletânea de poemas de vários autores, de várias épocas. Alguns versinhos eram bobos, outros engraçados e tinha até aqueles que eu nem entendia direito o que queriam dizer. Mas quando dei por mim, já não chorava e a fome tinha passado. Dessa estranha sensação eu recordo muito bem. A poesia tinha sido alimento e remédio. Alguns meses depois, as coisas se acalmaram no bairro e pra minha surpresa e de toda a criançada da rua abriram uma biblioteca comunitária. Lá se tornou nosso refúgio. Mas não era só uma biblioteca, venha, pegue um livro e vá pra casa. Tinha programação, às vezes, lanche, o melhor pastelzinho de frango do mundo! E lá descobri que existiam muito mais tipos de versos, de poemas, de poesia. Daí, foi só um passo pra escrever os meus primeiros textos, participar de concursos. Num que a biblioteca organizou eu fiquei em primeiro lugar! Bem... Acho que esse é um resumão da minha vida.

— Que incrível, Mavi!

— Que é que eu posso falar mais? Deixa eu ver... Depois desse dia, não parei de escrever e por não parar hoje tô aqui rimando poesia, contando essa história e ao seu lado — e de repente ela ficou encabulada.

Veja só logo Mavi ficando encabulada.

— Mas acho que essa história toda deu foi é fome, né? — ela continuou. — Você não quer comer alguma coisa? Minha barriga tá roncando... — e ela já ia se levantando quando a retive.

— Quero. Mas espera.

Mavi se sentou por mais um instante. Só que dessa vez muito mais próxima de mim. Era o que eu queria. Era o que ela também queria.

Por isso, dei um beijo nela.

Aquele beijo.

ANTHONY

Subi no ônibus.
Meu primo Ronaldo tinha me trazido até o ponto logo cedo. Um do lado oposto ao que eu descera quando chegara.
Ir e voltar são sempre duas direções opostas.
Procurei meu assento à janela. Puxei um pouco a cortina para observar a paisagem, que correria do lado de fora.
Na mochila, lembranças, cordéis, minha primeira xilogravura. E um litro de leite de vaca congelado e enrolado numa toalha que me obrigaram a levar para a minha mãe.
Na boca, ainda o gosto do café da minha madrinha. Do cuscuz, do pão doce, e de todo o carinho dela por mim.
Na cabeça, um chapéu de couro, daqueles arredondados, de vaqueiro, que ganhei do meu padrinho. Além disso, ideias, pensamentos, confusões. E uma inspiradora paixão não correspondida.
Dei uma olhada no relógio de pulso. Quase três horas para chegar ao Recife. Melhor ocupar a mente com alguma coisa. Peguei o celular, coloquei os fones, a playlist daquele dia na sala da

casa de Ana tocando aleatória ao fundo. "Asa branca" foi a primeira música. Uma boa inspiração.

Abri o bloco de notas e voltei aos meus versos, às minhas origens.

CECILIA

— **Eu sabia que** ia encontrar você aqui.
Ariel.
De novo.
Me forcei a continuar concentrada no livrão de poemas que eu pegara.
Precisava de muita poesia.
Minha mãe me obrigou a sair de casa.
O shopping ainda não estava aberto.
Só me restou ir para a biblioteca.
E ironicamente escolher um dos livros que tinha doado para me reencontrar.
— Estraguei tudo mais ainda — disse Ariel sem se sentar.
Fiquei calada.
— Você gostava de mim?
A pergunta chegou tarde demais.
Agora nunca mais.
Era o que eu queria dizer.
Mas eu nunca digo nada.

Voltei uma página do meu caderno que estava aberto sobre a mesa.

Se os poetas podem falar por mim...

Apontei três versinhos de Vinicius de Moraes.

Da letra de *Serenata do adeus*.

Não precisei falar.

Ariel quem abriu a boca:

— Entendi.

E sem dizer mais nada, foi embora.

Quando senti que se afastou, levantei os olhos do livro para acompanhar seu andar pesado até a saída.

Assim que sua silhueta sumiu porta afora, pensei que fosse chorar.

Mas não.

Estava séria.

Bem.

Até aliviada mesmo.

Pois acabara.

Um amor que não começara direito.

Se é que começara.

Olhei de novo para o meu caderno.

Na mesma página,

umas linhas depois,

versos da minha xará

Cecília Meireles

do poema *Motivo*

e que resumia tudo que eu sentia e era nesse instante.

Nem alegria.

Nem tristeza.

Apenas uma jovem poeta.

Era isso.
Procurei uma página em branco.
Escolhi uma caneta.
E transcrevi alguns versos do poema que eu relia quando Ariel chegou.
Um dos meus preferidos.
O *elefante*, de Carlos Drummond de Andrade.

Me identificava, ou melhor, me identifico muito com esse poema-elefante.

E o verso final era o que eu mais precisava reler:
Sobre recomeçar, no dia seguinte.

GAEL

Fomos a uma sorveteria ali perto.

Trocamos nossos números de WhatsApp. Ela pediu pra eu mandar as fotos. Eu disse que mandaria daqui a pouco. O daqui a pouco seria somente quando eu chegasse em casa à noite como uma forma de estender nossa conversa por mais algumas horas, pela madrugada, até o sol raiar. Meio clichê isso. Mas qual adolescente apaixonado ou emocionado, como dizem meus amigos, não é?

Beijamos mais uma, duas, muitas vezes.

Conversamos sobre um monte de coisas novas e sobre algumas coisas já comentadas. Era muito bom conversar com Mavi. Não importava sobre o quê. Até o mais do mesmo continha sempre algo de novo.

Talvez fosse minha vontade de que o tempo não passasse. Mas ele passava. E meu compromisso se aproximava.

Após terminar o seu sorvete, Mavi disse:

— Preciso confessar que não curto muito assistir boxe. O pessoal apanha demais, né? Olha só essa cicatriz que você conseguiu num treino! Apesar dos lutadores não deixarem transparecer muito, deve doer bastante.

— Nem sempre. Às vezes, já dói o suficiente dentro da gente.

Ela franziu a sobrancelha:

— Lutador, poeta, filósofo... Desenvolve.

— As pancadas que a vida dá na gente não são tão aparentes assim. E o boxe pode ser uma forma de lidar com elas. Porque, após uma série de golpes, mesmo com a perna tremendo, mesmo com vontade de vomitar, a gente precisa se sustentar, buscando forças de alguma forma.

Meio que eu falava de todos, meio que eu falava de mim.

Mavi pegou um guardanapo de papel e começou a dobrar. Fiquei observando.

— Toma!

Logo ela lançou algo no ar que veio voando até as minhas mãos.

Era um aviãozinho de papel.

— Usa isso quando quiser pra mandar a dor pra longe.

Fiquei observando o aviãozinho na palma da minha mão.

Fazia tempo que não dobrava um. Talvez uns sete anos atrás quando era criança. Mas a menina que Mavi foi ainda vivia dentro daquele corpo que já se tornava mulher. O meu menino, que já foi muito corajoso, estava adormecido há semanas. Ou seriam meses? Talvez anos?

Então me lembrei de uma música de Emicida e Rael da Rima.

Era preciso levantar e andar. E foi o que fiz.

Antes, outro beijo.

ANTHONY, CECILIA E GAEL

— **Quem era a** *boyzinha*?
 — Cecilia, você já chegou?
 — Não tinha muita coisa pra fazer hoje, Gael.
 — Será que Anthony já tá por aí também?
 — Enviei mensagem, mas ele ainda não respondeu. Nem você respondeu agora. Tava namorando?
 — Não...
 — Ela parece com uma das garotas que vão na biblioteca comunitária que frequento.
 — Sério? Pode ser... A gente se conheceu hoje e tal.
 — Se for quem eu penso que é, investe. Parece legal.
 — Hum-hum.
 — Se bem que esse sorrisinho bobo e encabulado quer dizer que você já tá investindo. Ou tá apaixonado? Como é mesmo que seus colegas de boxe falam?

— Emocionado. Mas olha. Anthony mandou mensagem. Já chegou. Bora lá.

— Bora.

— E como é que você tá? Mais animada?

— Às vezes, no fundo do poço, às vezes, na borda. Mas tentando sair de vez em quando pra dar uma volta.

— Poética.

— Dramática.

— A gente precisa sair mais.

— Queria que vocês estudassem na minha escola. Ou talvez eu devesse estudar na sua ou na de Anthony.

— Por quê?

— O povo da minha não presta.

— Hum... Alguma decepção amorosa?

— E eu lá sou de me apaixonar ou de alguém se apaixonar por mim, Gael?

— A gente se subestima muito, Cecilia.

— Você aprendeu essa frase com aquela *boyzinha*?

— Olha o chapéu que Anthony tá usando! Nosso primo voltou empolgado do interior.

— Ou não. Repara na cara.

— Esperaram muito por mim?

— Acabei de encontrar Gael. Mas que cara é essa?

— O engarrafamento.

— Só isso?

— Só.

— Um vai para o interior animado e volta a cara da tristeza. Outro sai de casa todo desanimado e encontra a alegria.

— Alegria?

— Poesias da cabeça de Cecilia.

— Falando em poesia, comecei a escrever um cordel. Depois quero dicas de como rimar e contar sílabas, prima.

— Sou a favor do verso livre.
— Sou a favor da poesia DE VERDADE. Por que essas caras? Eu não posso falar mais nada?
— Você está especialmente inspirado hoje, Gael. Mas você encontrou Ana, Anthony? Trouxe a xilogravura que pedi pra você comprar?
— Comprei.
— E como é que ela tá?
— Vai casar. Quer dizer, noivar.
— Como assim? Ela é tão nova!
— Não dizem que cada cabeça é um mundo? Cada jovem, uma vida.
— Então é por isso essa cara?
— É única que a vida me deu, Cecilia.
— Anthony, você está mais dramático que eu. Não vamos inverter os papéis, sim?
— Ei, Gael, você não vai mostrar o poema que escreveu?
— Ah, não... Tenho vergonha... Quer dizer... Por que não?

TAVA TENTANDO

Tava tentando ler (crianças em coro)
Tava tentando pensar (voz solo)
Tava tentando viver
Tava tentando amar

Tava tentando crescer
Tava tentando andar
Tava tentando ser
Tava tentando cantar

Aí chegou a polícia
E as nossas tentativas
Não passaram de tentativas
Frustradas
Fracassadas
Desesperançadas

Até que um dia
Eu hei de dizer
Até que um dia
Eu vou dizer

Tava tentando ser
E fui, e sou, e serei
O que eu bem entender

— Uau! Vou copiar no meu caderno. Principalmente esses três versos aqui.

— Ficou muito bom mesmo! Nem vou mostrar minhas estrofes depois dessa. Mas o que você vai fazer com o dinheiro do prêmio, Gael?

— Comprar um novo par de luvas. Vou voltar a lutar boxe. O mundo não vai me parar. Vou voltar a lutar pelo que vale a pena.

— Boa!

— Eu também tenho que seguir sonhando, lutando, com os meus poemas, com a minha poesia.

— Tá no papel, tá na rima, tá na vida.

— Nosso boxeador virou poeta.

— Tô errado?

— Nunca. E até podemos dizer que a poesia circula sempre pelos nossos corações, Gael.

— Não soaria melhor falar pelos versos, Cecilia?

— Versos? Veias... E as artérias, Anthony?
— Tanto faz, meninos. O importante é ser poesia.
— Então, pronto!
— O quê? Diz aí.
— Que a poesia circule sempre *pelos versos dos nossos corações*.

Este livro foi composto na fonte Fairfield e
impresso em papel luxcream 60 g/m², na gráfica Coan.
Tubarão, abril de 2024.